Impressum:
Emilie Johanna Fürst,
Elisabethinergasse 15, 8020 Graz.
Fotos: Dr. Gerhard und Moritz Fürst,
Franz Fürst, Leander Khil (Vogelbilder).
Gesamtherstellung: Druckerei Khil GesmbH,
Neutorgasse 26, 8010 Graz

ISBN 978-3-200-00885-4

Emilie Johanna Fürst

Weit ausgegangen und wieder daheim

Weit ausgegangen in die Welt,
um zu erfahren,
was diese Welt sich denkt dort,
wo wir über die Berge gehen,
die noch keinen Namen haben.

In dem schier nicht mehr zu erfassenden
Ausmaß des Denkens in der heutigen Welt,
denke das dir hier Gesagte nicht nur mit
deinen eigenen Gedanken,
sondern versuche es zu erfahren,
was hinter anderen Gedanken
sich denkt.

Gedanken sind
Wirklichkeiten
einer unendlichen Gegenwart,
die sich aus einem Gestern
in ein Morgen hindenkt.

Ich habe alle Zeiten
meiner Zeit in meinen Raum gespielt,
gefangen
und hielt in meinen Händen bereit
nur den Augenblick
und er war Zeit!

Dass mir doch verborgen bliebe,
was ich heute noch nicht fassen kann.
Morgen,
vielleicht morgen
fasse ich's
mit beiden Händen an.

Im Ahnenstrom durch die Zeiten.
Jedes Äon dieser Welt,
jedes Ich
hat seine persönliche
geistige Geschichte
und bleibt in ihr immer
das Es-Selbst.

Ein langer Weg,
der sich zu seinem Anfang denkt

Wiegst du die Blüte
wohlbewusst in deinen Händen,
weil du in ihr den Apfel weißt?

Ein zartes Reis setzt seine Wurzeln
in die Erde,
um jener Baum zu werden,
der deinen Apfel speist.

Ob sich die Frucht als Apfel
auf diesem langen Wege
vom Anfang bis zum Ende
weiß?

In jedem ihrer Kerne
liegt ein ganzes Buch geschrieben.
In ihm die Worte, die, von den
Wurzeln hin bis zu den Zweigen,
liegen mit der Botschaft,
die auf ihrem langen Weg
im Baum des Wissens
eingeschrieben.

Weit ausgegangen und -
doch daheim – geblieben.

Ein Runden in sich selbst.

Wir

In jedem und in allem liegt ein Augenblick
Vergangenheit und Zukunft in einem Morgen.
Wir sind nicht nur ein Wesen der Zeit, wir sind in ihr die Welle, die an alle Ufer brandet, sind der wandernde Punkt, in dem die Zeiten wandern.
Unser Weg in ihnen ist oft ein in uns noch unbewusst Vollziehendes.
Er lässt in seinen Intervallen die Räume zu, in denen wir unsere Räume bestimmen, denn, in jedem Augenblick Zeit sind wir eingebunden in Zukunft und Vergangenheit, sind das Wesen im Wesen der Zeit.
Unerschöpflich ist die Welt in ihr, ist das, was noch vor uns liegt. Was wir tief in uns erfahren, ist nicht vergleichbar mit dem, was uns im Außen geschieht.
Das Dreieck der Pyramide weist zur Spitze hin, zur Höhe, in der nur eines, nur eines kann oben sein, ein Gott nur, der uns aus Ur-Sprung und Zeit die Gegenwart gibt.

Immer zum Gesang bereit

Tonsprünge in den Oktaven
Zeit zu Zeit.
Klangräume, die eine Hand
gezielt geformt
zu ihrem Wohlgesang.

Ein Tropfen Tag nur
ist die Spur
in der Begegnung mit der Zeit,
in der wir Spieler waren
ihres großen Spieles.

Vergänglichkeit
und Sein in Ihm.
Zeit?

Alles lebt und wurzelt
im Urgrund der Unendlichkeit,
in den Quantensprüngen
ihrer Zeitoktaven
immer zum Gesang bereit.

Begreifen?

Erst wenn du begreifst,
was um dich lebt und ist,
wirst du begreifen
woher du kommst
und wer du in deinem Kommen
bist.

Mit jedem Schritt
bist eingebunden du
in die wirkenden Kräfte
der Welt,
bist wie einer Blüte Kelch,
in den der Sommer
seinen Duft gelegt,
bist der Pfad deiner Gedanken,
der das Rätsel
des noch Ungesagten
trägt,
bist der weite Raum des Bedeutenden
in der Spur der Zerrissenheit
unserer Zeit,
bist im Gedanken der Welt
ihre Wirklichkeit dort,
wo du begreifst,
dass du das Wesen bist,
das sein Licht
mit der Sonne teilt.

Wer seine Stunde weiß

Seht die Lilie des Feldes
in Anmut und Schönheit,
in stiller Pracht!
Keines Königs Kleid
ward je kostbarer erdacht.

Durchwirkt von des Sommers
Gewand in seinem Farbenklang
farbenweit.
Sommerlang lang
trägt sie ihr Leben
und weiß in ihm seine Zeit.

Seht! Seht nur!
Die Lilie des Feldes,
sie weiß die Stunde
sich zu öffnen dem Tag,
zu schließen den Kelch
zur Stunde ihrer Nacht.

O wüsste auch ich
meine Stunde.
O wüsste auch ich
meine Zeit.

Meine Wege – Lebensströme

Manchmal waren ihre Wasser mir
der große Weg,
manchmal die Ruheplätze
an ihren Säumen.
Manchmal waren sie
wie ein Gewölk von Wesenlosem
über ihren Räumen.
Manchmal waren meine Wege
nur Spuren im Endlosen
einer unausschöpfbaren Zeit.
Manchmal waren sie mir
die Lichtfunken zu der Zitadelle
der Ewigkeit.

Suche

Ich habe das Leben gesucht.
Es schien immer da zu sein,
doch erwies es sich oft als das,
was es für mich
in Wirklichkeit nicht war.

Wo aber war zu finden
das für mich in ihm Verbuchte?
Es gab so vieles, was ich suchte,
das nicht von Dauer.
Seine Besonderheit aber war
das Erreichbare in ihm,
das aus ihm an mich Geben.

Jeder Tag schien Antwort zu sein
auf mein Leben im Leben.
Immer, immer wieder
öffnete es sich weit
in seiner Sehnsucht nach mir,
zeitlos in seiner Zeit.

Das Leben wollte mich.
Händevoll gab es – und nahm es.
Doch vieles, was aus ihm mir kam
war auch das, was ich noch nicht erkannte.
Und alles, was mir aus ihm entgegenkam,
was mich in ihm fest in die Arme nahm,
war ES, das Leben; eben das Leben.

Der edle Stein,
ein Maß?

Geschliffen,
aus allen Facetten
spiegelndes Licht,
täuschendes, funkelndes
Glas?
doch,
Durchsicht in ihm
und Ebenmaß.

Bedenke!
Wer du auch bist,
du bist immer das,
was dich aus eigener Kraft
weise
und zu Schönheit macht,

aus allen Facetten
strömendes
reintönendes
spiegelndes Licht,

wenn auch aus
Glas.

Verloren

Was geschah unserem Wort?
Es war sehr still geworden
in seiner Sprache an uns.
Das Seltene,
das Vertraute in seiner Welt,
es ward aus ihm für uns
nicht mehr gesprochen.

Da war nur noch Schweigen
in ihm und unsere Leere.
Kein Wort dem Wort,
das einst, aus dem Schweigen
geboren,
das Wunder unserer Sprache
geworden.

Wo finde ich das Wort noch,
das im Buch der Bücher
eine ganze Seite füllt,
niedergeschrieben das,
was uns als Antwort
in tausend Fragen gilt.
Fragen,
die nur ein einziges Wort
bestimmt.

Eine formbare Welt?

Umformen unsere Welt
im Ziehen und Biegen
im Schränken und Denken
im Strecken und Richten
und Winden
im Pressen und Recken
und Biegen
im Rollen und Walzen.

Umformen die Welten,
die rund um uns liegen,
das, was in uns selten,
in die Masse biegen.

Alles Denken und Lenken,
was aus seiner Urform
sich weiß,
bedeutungslos denken,
entwurzeln und schränken
im Geist,
der heute sich weiß.

In jedem inneren Erkennen
einer in uns lebenden Wirklichkeit
uns in Dankbarkeit
zu wissen
in der Erfahrung unseres Selbst,
denn in ihm liegt die Kraft,
die den Sinn eines Ganzen
erscheinbar
und unser Leben lebenswert macht.

Dichtung,

der Quellgrund
aus der Kraft eines tieferen Seins,
weltentdeckend,
Sprache, aus der sich All-seiendes
ständig erneuert.

In Jahrtausenden gedacht
und niedergeschrieben,
in den Zeichen der Menschheit
im Menschsein wach geblieben.

Sprache,
Epos eines Höhenfluges,
in dem das Geistige alleine
seinen Höhepunkt hat.
Sprache,
Dichtung, Verdichtung
in der Wirklichkeit
ihrer Ewigkeit.
Alle Zeit in ihr ist gebündelt
im Punkt des Augenblickes,
der den Menschen ortet
in seiner Mitte.
Sprache, zeitenweit
Quellgrund aus dem Lichte
im Wort unserer Zeit.

Ich weiß,
dass der Sonne Strahlen
über meinem Himmel
wachen,
obwohl in grenzenlosen Tiefen
die Himmel um mich
nachten.

Fragen bewegen,
bewegen zu sagen,
bewegen zu sagen das,
was sich in uns
und all dem unsagbar Vielen
um uns
uns bewegt,
um zu sagen.

Zeitlosigkeit
in der schlafenden Seele
ist zeitlose Gegenwart.
Unbegreifbar die Sprache
aus ihr
in ihrem Klang.

Auf der schlagenden Trommel
des Herzens
ein tönender Gesang.

Zwei Räume
in ihrer Dehnung
auf dem Weg
zueinander,
das bist DU,
das bin ich,
das sind wir beide.

Sternenwelt,

ein unendlicher Raum
über der Erde.
Traum unter den Höhen
eines sich in uns spiegelnden
Himmels,
bewegt gefangen
von dem in uns gesunkenen Feuer
seines Farbenschiffes.
Sterne,
Tonspuren im Wellentanz
gleißenden Lichtes.
In ihm der Rückklang zu sein
in jedem Augenblick
seines Zeitenlosen,
in dem wir der Anfang waren
im Mittelpunkt
eines unermeßlichen Sternengartens.

Europa

Traum,
wenn dich die Sonne blendet,
weil du aus dem Dunkel steigst,
wesenhaft.

Wesenhaft tauchst du
in deinem Bilde auf.
Bewegendes schafft,
baut und gestaltet
Heimat der Suchenden
in der Spannung des
wirkenden Lebens.

Ein Bild in sich,
Europa,
dein Wort im Gespräch
um die Gestaltung
deiner geistigen Welten
auf den Wegen der Zukunft.

Deine Farben und Räume
im Ozean der Zeit,
Intervalle gewachsener Gesänge.
Strukturen in den Vernetzungen
über Zeiten und Jahre,
Weltenklänge
im messenden Maße.

In den Herbergen deines Morgens,
die Stimmen der Eile.
Unendliche Horizonte,
das noch fremde Gesicht
in ihrem Weltenspiegel.

Stille unter den Schwingen
des Adlers
über den Inseln der Margeriten.

Ein Staubkorn im Sternenmeer
träumt seinen Morgen
in der stummen Mitsprache
eines Noch-nicht-Gesagten.

Klangräume der Zukunft,
Europa.

Die Alhambra

Raum um Räume,
Flächen, Zeichen,
Säulenintervalle,
alle sprechen zu uns,
wie des Menschen Geist
entschieden
Unvergängliches zu sein.

Zeit um Zeiten
stehen geblieben
liegen hier uns nun
zu Füßen,
grüßen aus gekonnt
Gedachtem
unvergänglichem Gemachten
mit dem stillen Gruß,
lautlos,
mit dem Selber-in-sich-Wissen.
Eine wegeweit gewordene Welt.

Fällt ein Staubkorn nur
Geschehen aus Geschichte,
aus der Zeit.

Tief im Atem
einer stillen Stunde
liegt die Kunde
der vergangenen Epochen,
uns gesprochen neu
und bereit,
aus der Zeit wieder
wirkend ins Geschehen
einzugehen.

Was aus gottbegnadet' Hand
uns erstand,
zeichnet seinen Glanz
aus Form- und Farbenwunder,
blüht noch dort,
wo Leben sich verliert
in einer Spanne Zeit,
gibt sich immer wieder uns
und frohlockt der Zukunft
aller Welt im Jetzt,
denn wo die Hülle fällt,
erstrahlt ihr Wesen
unvergänglich,
eingebunden
aus dem Einst-Gewesen
in ein Heut'.

Im Mausoleum

In der Krypta
tiefes Schweigen.
In die Höhe strebend Säulen
formen unter einem großen
Bogen ihren Raum
zum Tor der Stille.

Vollendet Ruhe leuchtet
aus den Zwischenräumen
heller Streifen.
In die Welt des tiefen Schweigens
bricht im Dämmerschein
eine Kerze flackernd in das Licht.

Stille zeichnet Schicht um Schicht
ihre Zeichen in das Bild
und die Schatten greifen
mystisch in die Welt
des uns noch Unlösbaren.

Wortlos liegt in dunklen Nischen
uns die Antwort auf die Fragen
um das Sein und das Vergehen,
um aus der Quelle eines Ewigen
unser Zeitliches zu erfahren,
zu verstehen.

Draußen aber,
vor dem Tor,
springt des Mondes Schein
mitten aus den lichtgewebten
Netzen seiner Sterne,
blendet und erhellt
die Welt.

Das Zusammenspiel der Würfel

Die Würfel,
sie haben uns
zusammengespielt
rund um den Tisch.

Die Zahlen
drehten
im Kreise,
fielen in Spiralen
und wurden zu Zeichen.

Wir waren im Gleichklang
der Regenbogen
und im Ineinanderfließen,
sein Licht.

Ein Würfel aber,
der über die Kante des Tisches
sprang,
verlor sich im Dunkel
und fand seinen Weg
nicht mehr zurück.

Das Ich sagen zu einem Du

Ich sagen dürfen
zu einem Du,
die Spur zu sein
aus der Quelle
zu unendlich Vielem.

In ihm die Stromschnelle
zu sein
auf dem Weg
in eine fordernde Welt,
in ihrem Fluss,
die Welle.

Ich sagen dürfen
im Harzgeruch der Wälder,
in den Pilzen, den Beeren,
im Duft der Blumen.
Im Gebrumm der Hummel
das Ich
dieser Erde im Du gesungen.

Im Frühnebel des Daseins
der Tag zu sein,
der Sänger im Singen
der schwebenden Kronen.

Als Lichtempfänger
zu erblühen in offenen Kelchen.
Auf faszinierenden Wegen
zur Vollkommenheit hin
in allem Du zu erwachen,
mitzuwirken,
um zeitüberdauernd
im Ich
Ich sagen zu dürfen
aus mir zu Dir.

Auf Suche

In einer stillen Stund',
wir saßen im Rund
versammelt zu Rast und Ruh'.

Lust zitterte leise
durch unser Leben,
Lachen durchdrang die Luft.

Dem Blühen der Sträucher
entnahmen wir unsere Zeit.
Lebendig und wach, gedankenweit
verlangten zu schauen wir
den Weg, der noch vor uns lag.

Dunkel und wie ewigkeitweit
zeichneten die Spuren unseres Weges
die Zeit, die ausgebrochen schien
zu ertrinken in unserem Rausch
dieser Nacht.

Doch, mit einem Male
hörten und lauschten wir
tief in sie ein.
Es war nur mehr die Stille,
die jetzt zu uns sprach,
ein Zurückholen,
ein Besinnen,
ein Wieder-Heimgehen
zu den Dingen,
die wir am Tag verlacht.

Wir saßen im Rund
und spürten in uns nun
das Heimweh nach dem Weg,
der für uns
und in uns gedacht.

Heimgekommen
auf einem langen Weg
durch die Nacht.

Eine Tür zu dir

Ich war auf dem Weg
und fror,
durchwanderte Kälte
und Nacht,
ging, ging
und ging.

Da war eine Tür!

Eine Stube voll Wärme
und Brot auf dem Tisch?
Ein Willkommensgruß,
ein wärmender Herd
und Wände, schützende Wände
und Hände,
warme Hände?

Ich klopfte.
War niemand zu Hause?
Ausgegangen?
Kein Verlangen nach dem Dir
in einem Mir?

Ich ging
und kam wieder,
klopfte,
pochte mit zitternden Händen
an das Fenster der Tür.
War niemand zu Hause?

Es ward mir ein langer Tag.
Unter dunklen Wolken
lag unheimliche Stille.
Sie schien sich zu dehnen,
auszudehnen bis zum Rand
der Leere, in der ich mich fand.

Ich ging durch sie
und zog in ihr
meinen Kreis im Kreis,
fing die Schatten von den Wänden
der Häuser und suchte
aus ihren Fenstern
eine Spur Licht.

So kehrte ich wieder und wieder zurück,
pochte an die verschlossene Tür.

War niemand im Innen?
Nur Leere im Leer.
Fort, was den Ort einst
so hell und so warm gemacht.

Ich nahm meine Zeit,
hielt sie an und -
Gott bewahre!
Ein Stück meines Weges
ging ich ohne sie,
damit ich sie nicht verlöre
alle meine Jahre.

Dann klopfte ich wieder,
klopfte für mein Hoffen,
für meine Sehnsucht,
klopfte um zwei Hände
und ein Daheim bei dir.

Und es tat sich auf,
tat sich auf die Tür,
sie war nicht verschlossen,
ich trat ein,
leer.

Gott bewahre
meine Jahre!

Auf der Suche zu dir

So fern von mir
weiß ich dich,
doch ich weiß,
dass du bist.

Ich taste nach deinem Bild
wie ein Dieb in der Nacht.
Doch wachsam ist die Stille.
Sie hört mich
in ihrer unendlichen Gegenwart.
Sie weiß,
alle Türen zu dir
führen durch das Nirgendwo
ins Überall
und
hinter jeder bist du
in deiner Gestalt.

Wie nahe du im Bilde mir bist
und doch so fern.

Sag, wo finde ich dich?

Rückerinnerung

Entfalte ich in liebender Gebärde
meine Hände
und öffne sie,
um das,
was mir in Fülle ward
durch dich geboten,
einzutragen,

und fielen mir
nach ungezählten Jahren
die Sterne deines Himmels
wieder in den Schoß,
so würde ich
den Ewigkeiten sagen:
Ihr ward ein Augenblick
in einer großen Liebe bloß,
aus dem ich Stern um Stern
habe heimgetragen.

Und als ich heute
wieder sie gezählt
aus jenem fernen Jahr,
kein einziger
war mir verloren.
Es war das ganze Sternenmeer
in seiner vollen Schönheit
wieder da.

Ein Irrtum?

Auf der Suche nach dir
suchte ich auf meinem Weg
den Weg hin zu dir.
Ich ging und ging und ging,
und ging geradeaus,
geradeaus zu meinem Ziel.

Ich fand dich nicht.

Ich war nur wieder
bei mir angekommen
und musste es erfahren,
dass ich nur den Kreis genommen.

Es war mein Weg,
gewählt von mir.
Schritte,
welche prägend zeichnen.
Ihre Spuren nach dem Außen
führten immer wieder
mich zu mir,

obschon ich glaubte,
jeder meiner Wege
sei die Spur zu dir.

„Nur“ ein Besuch?

Der Raum ist noch erfüllt
von deiner Nähe,
obwohl du lange schon
gegangen.
Es liegt dein Wort noch
über dem Geschehen.

Ich sehe die Sonne
in die Nacht vergehen,
es brennt die Kerze noch,
die du entzündet dort
auf meinem Tisch.

Ich spüre deinen Atem
warm auf meinem Munde liegen,
so nah dem deinen
fühl ich mich.

Ich höre alle Worte,
die du mir gesprochen.
Sie werden wieder laut,
weil nichts im Raum
sie stört.
Sehr still ist es
um den geworden,
der solche Worte hört.

Gefangen

Wie hält diese Welt dich
umfangen gefangen,
eingefangen so,
dass du befangen
dich frägst
was in ihr
dir frommt.

Und du weißt,
dass in allem,
was auf ihren Wegen
weit dir entgegenkommt,
du
eingefangen
in einem dich
tief prägenden Geschick,
vielgesichtig und
in jedem Augenblick
die Mitte des Weges
auf dem du gegangen.

Zeitenweit hält gefangen dich
deine Welt
und jeder Augenblick Zeit
ist dir
und ortet dich.

Segler über weitem Meer

Sonnensegler
Flying Fish,
bunter Falter
auf dem Meer,
hebst du deine Flügel
in den Wind,
dass die Wanten
leise surren.
Gleitest durch die Wellen
wie ein Pfeil,
landab
weit.
Flying Fish,
hast du mich vergessen?
Laß die Schote auffieren,
warte!
Flying Fish,
nimm mich mit.

Flying Fish.
Von der langen Fahrt
zu fernen Inseln
mit den stillen Stränden
ruhst nun in den Dünen du,
deine Segel eingeholt.
Trägst im Heck noch
meine Stimme
und im Bug
schon eine neue Fahrt.
Schlafe!

Weiß ich dich geborgen
in dem Hafen
unter einem vollen Mond.
Dort auf seiner Silberstraße
warte ich,
Flying Fish.

Flying Fish,
hörst du nicht
den Schrei der Möwen?
Steige aus den Träumen
deiner Nacht.
Über deinem Mastbaum
steht die Sonne,
hat den Morgenwind
entfacht.
Deine Zeit ist hier zu Ende,
Flying Fish, legst du ab
zu neuer Fahrt,
singt der Wind
in deinen Segeln dir
mein Lied.
Fernweh jagt dein Schiff.
Flying Fish,
nimm mich mit.

Wenn ich die Steine sprechen lasse

Sie wissen es noch!
Vor der Zeit
und über der Zeit fürwahr,
sie waren Licht.
Sie kamen aus dem ewigen Nichts,
um unsere Erde zu tragen.

Aus dem schwarzen Strahl
sich lösend,
vielfach verwandelnd sich,
sah ich sie sich
zu mächtigen Bergen erheben,
in den Türmen und Städten der Welt
sich vollendet in Schönheit geben.
Ich sah sie Brücken schlagen,
im Sprühregen ihrer Farben
in funkelnden Facetten
das Edle bewahren.
Sie lagen in meiner Hand,
Steine im Gewand eines Seltenen,
Harmonie der waltenden Welten.

Magischer Zauber aus Farbenkraft,
der im Coh i nor uns
den Berg des Lichtes spricht.

Karfunkelstein,
strahlendes Licht im Symbol
des Weges der Unbeweglichkeit.

Stern von Afrika,
deine Sprache der Oktaeder;

kosmische Sternengeburt
aus dem Urbild
eines Wunderbaren.

Form aus der Form geboren
in der Zwiesprache
mit dem ewigen Wort,
aus dem du geworden im Dort,
welches die Steine noch,
tief in sich wissend,
schweigend dieser Welt
tragen.

Geschehen in Zeiten

Zwischen Himmel und Erde,
zwischen Tag und Nacht
in wogenden Wirbeln webt
die Luft,
durchflutet die Wipfel der Erle.
    Lichtgefäße im Halm
    und im Blatt
    binden das Leben der Wiese.
Aus buntem Federglanz
grüßt uns der Tag
und des Wassers Gezeitentanz
füllet die Täler der Tiefe.
    Ein goldhelles Licht liegt
    auf der Berge Gipfelgestalt.
    Als Zeichen der Zeiten
    steigen die Lichter bald
    im Sternentanz
    über die Erde.
Hand in Hand geht
ein beglücktes Paar
in der Gewissheit,
dass es in ihm nicht nur
ein Zeitliches gab,
sondern, dass es selbst
ein Teil des Ewigen war dieser Erde;
in den Händen des Hirten
einer endlosen Herde.

Land am Wegrand

So weiß ich sie,
so habe ich die Maremmen geschaut,
ihr immer an mich Geben.
Wie pures Gold lag es über den Feldern,
die gesäumt von breiten Streifen
aus grünem drängenden Leben.

Über den Weiten
der sich wölbenden Hügel
der Himmel trunken von Blau,
in das eine scheidende Sonne
mit tiefem Rot ihre Zeichen spiegelt,
den Abschied des Tages
bis zum Rand endloser Weiten
in ihrer Sprache besiegelt.

Im Schatten unter den Bäumen
der lange Atem der Zeit
und weit, sehr weit
in diesem prunkvollen Kleid
verborgen geboren die Erde
in den Wellen der goldenen Hügel.

Lobgesang dir,
die du nur Wind und Sonne brauchst,
um dein Gold in den Himmel zu spiegeln.

Augenblicke

Da stillen die Blätter
ihren Durst
aus trunkenen Zweigen.
In blühenden Gärten,
aus vollen Bäumen
tiefen die Schatten
ihnen zu Fuß.

Vibrierende Rhythmen,
die Stimmen der Stille
unter einem brennenden
Himmel
aus schenkender Fülle.

Das Gesicht der Erde,
das Schöne, das Hehre
in seinem Erhabenen
unbeschreibbar unauslöschbaren
Ich-bin und Ich-werde.

In den lebendigen Gärten der Erde

Ich werde meinen Weg in ihnen
nicht gefunden haben,
wenn ich nicht ihr Bild
in meinem Herzen trage.

Unbegreiflich das Geheimnis
in der Vielfalt ihrer Welten.
Samenkorn im Zeitenlosen
und im Widerspiel in ihm,
dem Großen
regt sich, was einst ruhte,
nun erwacht.

Erde, du im Wirken aller Kraft
formvollendet eingebettet
in die lichte Gegenwart.
Unauslotbar und in edlem Maße
deine Räume, Wald und Feld,
Farben im Gemälde
einer gottgeschaffnen Welt.

Mitten in dir das Ich-bin
in seiner Mitte.
Prächtig steigt das Land
aus ihm
zu voller Blüte.

Ein Fliegendes glitzert

Und der Frühling
machte sich sachte bereit
in den Wipfeln der Bäume zu singen,
im Rauschen, im Rauschen,
zwischen Knospen und Blüten,
mitten in den Atem des Lebens
zu springen.

So musste wohl der Bach auch
in seiner Sprache sich melden,
langhallend und in munteren Wellen,
beschwingt sein Licht widerspiegeln.

Ein Hauch von Dunst noch
im hohen Gezweig
und dann wieder das Rauschen,
das Sich-binden
im endlosen Reigen, das Sich-geigen
in die Welt des hellen Lichtes.

Und hinten, aus dem Tal,
wie ein Fliegendes glitzernd
der Silberbogen des Wassers
im gleißenden Fall.
Wie weißer Rauch zerrann es;
langsam verzogen seine zarten Schleier
sich lösend ins tiefe Blau.

Da jubelte laut die Lerche auf,
stieg aus der Erde Grund.
Vom Dorf her
stimmte eine Amsel ihren Gesang
und es klang wie eine Flöte,
die sich verliebt in den Kelch
einer Anemone spielte,
sie erschreckte
und doch sachte, ganz sachte,
sich jubelnd in ihre offene Blüte
legte.

Wenn Kirschen und Schlehen beginnen zu blühen,

am Wegrand des Winters
der Frühling schon steht.
Der Tag der Verwandlung
sucht seinen Weg.

Es singen die Amseln und Meisen.
Vorbei an Wäldern und Ried,
hoch in der Luft
über offenen Feldern
trillert die Lerche ihr Lied.

Hasel, Erle und Eiben
schütten aus blühenden Zweigen
und stäuben aus prallen Kelchen
Blütenstaub über die Welten,
die ihnen zu Füßen sich zeigen.

Schneeglöckchen, Krokusse
und Märzenbecher,
Forsythien in den Gärten,
die das Tor des Frühlings geschmückt.

Der Föhn sucht seinen Weg
durch Blätter und Blüten,
ihr weißer Schnee fällt auf alles,
was auf sonndurchfluteten Hängen liegt.

Vom Wind umworben
und zu Bündeln gebauscht,
grüßen aus den Zweigen
die ersten Kirschenblüten.

In überwältigender Fülle
erwacht Leben mit Quieken und Quaken
und Schwirren.
Über seichten Tümpeln und Teichen,
Frühlingsgetümmel.

Aufsteigende Sonne
und ein blauer Himmel
lachen dem Weißdorn,
der zu erwachen beginnt
und mit einem Netz von Blütenknospen
sein düsteres Gesträuch
in ein leuchtendweißes
Hochzeitskleid hüllt.

Eine Welt voll des Lebens
lebendig und wach.
Frühling, der sich, alle Formen entfaltend,
mitten in unser Herze lacht, sich gibt,
wenn es im Kirschbaum
und im Gesträuch der Schlehe blüht.

Ein Seltenes

Groß fürwahr
war dieses kleine Stückchen Erde,
pralle Kelche in den Wiesen,
heit're Schiffe letzter Sonnenstrahlen.
Nur ein Bild der ungezählten
Bilderwelten
und ein Staunen doch.
Spielerisch lag es in Farb und Form
auf allen Wegen,
urgeboren mitten in den Tag.

Jeder Schritt war ein Begegnen,
und dort auf den Lichtterrassen
hoch im Blau
zeichnen Wolken farbgebunden
ihre Spuren auf den Wegen
durch des Tages letzte Stunden
stiller Welten Schau.

Wo Gedanken sich in Wachheit denken,
wird es in dunklen Welten helle.
Sinnend steigen aus Erinnerungen
unsichtbar gewordene Dimensionen
und selbst unsere Abendwelten
füllen pralle Kelche noch mit
Sonnen.

Löwenzahn

Im Mittagslicht,
über die Wiese hin
sah ich sie blühen,
die kleinen Strahlenräder
im Grün,
von den Bienen umworbene
Sonnenspiegel.
Und,
liegend im Gras,
waren sie mir
wie ein Gedanke
unter dem fernen Gewölbe
des Himmels,
das sie erkannte,
zu sich aufnahm,
um sie einzubinden
in das Netz seines Lichtes.

Dort sah ich sie wieder,
die kleine wuchernde Blume,
sah sie blühen
auf der Gedankenwiese
des Himmels.

Uns ein Geschenk

Der Sommer hat die Erde
sacht berührt,
Farben fließen allenthalben.
Aus Tag und Stunden
rundet sich in Blüten
und im Blätterwerk
der Weg zur Reife.
Ein Hohelied des immer neuen Werdens.

Alles Leben, das er in sich trägt,
es strebt zum Wesentlichen
und weiß in ihm
die Botschaft jener Kunde,
dass in ihm Wachsen
seine Mitte prägt.

Ein seltsam Grenzenloses
ist dem Bild geworden,
das uns der Sommer ist.
Er zeichnet uns den Weg
ins Eingebundensein
im Ursitz allen Werdens.

Aus Sonne und aus Wolken
auf die Erde hingetaumelt
ein Kunstwerk ohne Maßen,
das ihm in seinem Wirken
festgelegt.

Dort, wo in ihm die Blüte
reif geworden
hindrängt zur Frucht,
liegt in seinem Wort an uns
das Wissen
um den Quell des Lebens
und
es ist Sommer,
es ist Reifen,
es ist Geben.

Wende

Da fällt es von den Bäumen
in weißen Schleiern ab.
Die Sonne löst es Strahl um Strahl
aus schneebedeckten Zweigen.

Der Winter eilt der Zeit davon,
wird in der Sonne Glanz
von Mal zu Mal zum Farbentanz
in buntgefleckten Räumen.

Ein neuer Tag,
in dem ich staunend stehe;
im Zentrum einer Welt
ein winzig Punkt,
ein Blatt in seinem Spiele
und so
als fiele ich mit ihm nun
aus dem Irgendwo in seinem Bilde
in eine neue Welt,
in ihre Formenfülle.

Aus schneebedecktem Winterzelt
sich lösend,
aus der Gefangenschaft der Starre
neu erwachend
dieses einzig Wunderbare
heilgewaltig strömend
in ein immer wieder Neues
in einem großen Spiele.

Baum

Streckst du deine Zweige,
regt es sich
und atmet's im Geäst
wenn die Meisen
in dir wohnen?

Sind die Amseln
angekommen?

Lächelst du ein Immerzu
wenn die Spatzen
in dir lärmen,
zanken, schelten, streiten?

Welche Freude,
welche Augenweide
wenn du mit dem Blühen
sie umblühst
und sie speist,
sie nicht freigibst dem,
der dort über deiner Krone kreist.

Baum,
Behüter!

Walderinnerungen

Behutsam ließ er sich
von den großen Windesschwingen
tragen mit dem Gesang
von tausend Vögeln,
den Drosseln und Nachtigallen,
der Wald,
der durchweht von ihren Stimmen
sich sehnte nach der grünen
landumspielten Insel,
die einmal seine Heimat dicht umgab
mit den Libellen
über den glitzernden Wasserspiegeln,
dem Ginster und Erlengebüsch
über weiten Hügeln.

Endlose Tiefe
und die grüne Weite.
Fichte um Fichte,
die Erle uralt
und der Ahorn in Blüte.
Hell und silbern
Weißbuchen und Birken.
Unter ihrem Schatten
der blaue Teppich
der Leberblümchen.

Hoch in den Kronen
das Genist der Vögel.
In einsamer Wildnis
Moorböden und Teiche,
in denen Wildenten
tümpeln.

Im Herbst, wie rote Korallen,
die Preiselbeeren
und die Einsamkeiten
in den dunklen Nischen
der Büsche.

In hellen und breiten Bändern
der Sonnenzonen,
das Rätsel seiner Sprache
im Rauschen, Rauschen,
dem stets wachen Atem im Wind.
In den Stimmen des Waldes
die Geheimnisse aus Jahrmillionen.

Grüne Gärten unserer Erde,
auf deren Spuren wir
die Wanderer sind
zu den Herbergen
mit den weit offenen Toren
zu den lebendigen Tiefen.

Regen

Regen tropft Formen
im Fallen,
tropft Tropfen zu Tropfen,
in strömenden Strahlen
zu offenen Tönen.

Begegnung der Schwere
im Spiel hin zur Erde.

Im steten Tanz,
die wirkenden Kräfte.
Das Wellenwort dort
aus ewigen Kreisen
zu Sprache sich fügt,
zu köstlichem Nass,
dem Körnchen Brot,
das dem Durst der Erde
sich gibt.

Dir ein Geschenk

So ist dir Geschenk
die Welt deiner Welten,
die mit ihrem Mantel
ein ewig Gewordenes umschließt.

Es staunen die Täler
mit ihren Tiefen
über des Himmels Gewölk,
aus dem in tosenden Fluten
ihnen im Tanz der Elemente
sich eine Welt des Lebendigen gibt.

In leuchtenden Farben
zeichnen die blühenden Wiesen.
Die Strahlen der Sonne fallen
als Zähler der Zeit
in der Felder reifendes
Ährengespinst.

Bewegt empfängst du
mit offenen Händen
was die Erde
mit lächelndem Munde
in ihrer gebärenden Stunde
in prallen Früchten
bereit für dich hält.

Hast du es wohl gehört?

Was trällert
und pfeift
und jubiliert
vom Dach
und von den Drähten,
was ziert sich
dort im Baume
und eine Kirsche fällt?

Die Amsel
ist der Flötenspieler.
Die Amsel ist der Schelm,
der durch das Laubwerk
streift
und meldet:
Die Kirsche, sie ist reif!

So werd' ich diesen Tag
gewahr
und ruf ihn freudig aus
und trage mit der Vogelschar,
was sich gebunden,
in den Früchten bindet,
in mein Haus.

So sing' ich mit der Amsel
Jahr für Jahr
die Blüten in den Baum.
So ruf' ich jubelnd,
stimmenklar,
die Welt aus ihrem Schlaf
und nehme mir
aus ihren Träumen mit,
was mir aus vollen Bäumen
reif und in roten Tropfen
in meine Körbe fällt.

Das Meer der Sonnenblumenfelder,
ein kleiner Ozean.

Gelbe Blume,
Girasole, Sonnendreher.
Deine hellen Spuren zeichnen
meine Wege
und der Tag, er steigt
mit tiefem Blau
in das Bild.
In ihm spielt wie weiße Segel
eine Möwe ihre Flügel
in den Wind.

Überm Meer der große Atem,
der mit weiten Wellenstrichen
seine Kreise in die Dünen zieht.

In den Stimmen schaumgekrönter
Wogen
schwingt der Rhythmus in den Klang
und die Kraft
seines urgebund'nen Wortes
bindet wohlgewogen Meer und Land.

Geborgensein in bunten Spiegelbildern.
Hoch über ihnen
halten Wolken Rast,
Weltenbummler dort
auf festen Bahnen
ziehen dunkle Ränder,
Sonnenrahmen,
in die Spuren weißer Last.

Über weitem Ozean
tropft die Zeit
aus dem Licht gefallen.
Aus den Spuren ihrer Straßen fallen
Jahrmillionen
in das grüne Kleid der Erde
und die Sonnenblumen
lachen goldgelb reif geworden
buntgeflecktes Leben,
geben alles, was empor sie trägt,
eingefaltet in die große Ordnung,
vollgetrunken
aus den Lichtgefäßen
einer Sonnenblumenwelt.

Herbstsein

Es war der Liebe stille Zeit.
Schweigen fiel
in meine Seele,
Augenblicke
tiefer Ein-samkeit.

Ein leichter Windstoß nur,
er war es, der es mir gab,
was, wie noch unlesbar
in seinem Zeichen,
aus buntem Blättertaumel
in meinem Schoße lag.
Ein kostbar Zwiegespräch ward es
vor einem langen Schlafe.

Die tiefen Schatten in ihm
und das Schweigen,
sie waren lichtgeformt.
Gemeinsam wussten sie,
flammengleich aus Form
und Umgeformten zu zeigen sich
wie Ebbe und wie Flut
im Auf und Ab,
im Reigen eines
wohlgewußten Zeitentanzes
im bunten Blätterglanze
abzugleiten.

Meine Tage,
sie waren Frucht
in einem langen Jahr,
das mir ein Windstoß nun
mit bunt bemalten Blättern
in meine Hände gab.

Wer nur, wer?

Wer schlug mir
meine Saite an?
Mich wundert, wundert
wie ich in ihr singen kann.

Was mir einst unsagbar,
es ward in mir zu Lied,
in seinem Klang
zu köstlich Melodie.

Meine Geige spielt, sie spielt!
Ich singe in ihr mich,
singe mich im Zwiegespräch
mit einer unerschöpflich' Welt,
die sich in diesem Augenblick
aus dem Verborgenen
ins Lichte hebt.

Das, was scheinbar stumm
sich hinter jeder Form verbirgt,
im Wegegang der Werdewelt
sich aus seinem Urgeformten
vollendet in das Licht des Lebens lebt.

Wer schlug mir meine Saite an?
Mich wundert
wie ich in ihr singen kann.

Dass er Same sei der Erde

*Seit der Apfel reif sich
aus den Ästen löst
auf dem Weg der Schwere,
träumt die Erde
von den Apfelbäumen
ihrer Gärten.*

*Wenn die Frucht sich
sonnenwarm der Reife gibt,
löst sie sich
und fällt
und bringt im Apfel
einen Strahl des Lichtes
mit in die dunkle Welt
der Erde.*

*Tief erschrocken, doch bereit,
lauscht er ihrem Lied,
das zum Hochzeitsmahle sie ihm singt,
denn er weiß, dass er nun
sich ihr vermählen werde.*

*Alles Wissen um die Blüten,
Blätter im Gezweig und Frucht
sucht er einzubringen ihr
als Morgengabe*

und im Taumel seiner Windgesänge
bringt er ihr sein Lied,
denn er weiß,
die Erde
wird die Wiege
seiner Kerne sein
und in ihnen träumen
vom Geborenwerden
mit den Äpfeln
in den Apfelbäumen.

Herbstwelten

Sieh' des Himmels Tau
in purem Silber.
Wie vergoldet und in roten Flammen
blühen tausendfach gefärbt
die bunten Blätter in den Zweigen,
stimmen Sänger ihre Weisen ein
in den Taumel eines Blätterreigens.

Farbenwelten, die beseelten,
fließen und ergießen sich
zeitverschenkt
in den Strom der Vielfalt
einer wachen Welt.

Glanz und Schönheit,
Rosenknospen gleich
glimmt es noch
in schlanken Zweigen.

Tief errötet über ihnen,
im Gesicht des Himmels,
liegt es in den Wolken schon
winterweiß,
während überm Blattgetümmel
sich noch leuchtend weit
die Sonne weiß.

Krähen,

diese dunklen Sonderbaren.

Es steht ein Mond
in den Bäumen,
die Sterne lachen ihn an.
Doch, die Winde sind
auf der Flucht aus den Zweigen.
Dunkle Vögel steigen
mit ihnen himmelwärts an.

Mit den Wolken jagend,
vom Sturm verblasen
reiten wie wilde Pferde sie
über Hügel und Weiten,
treiben tonlos über die Tiefen,
streifen über unsere Häupter
diese Unbegreifbaren vielen,
fegen im Draußen, weit draußen,
im Rauschen ihrer Flügel
über Täler und Hügel.

Mit schaurigem Atem
jagt der Wind sie
auf unsere Wege zurück,
diese Dunklen, Sonderbaren.

Den Sternen zittern die Flügel.

Wandlungen

So bin ich
mit den letzten Strahlen
aus der Sonne gefallen,
aus diesem Tag,
bin nur noch Schatten
in einem großen Haus,
bin Verwandlung
und Schwester des Schlafes.
Aufgewacht
werde ich Bruder der Sonne sein
und das Kind ihres Tages.

Hast du es versucht

diese Welt zu tasten nur
in einem kleinen Stückchen Eis
in starren Zweigen,
aus dem Tau
über aufgebrochenen Blüten
Silbersterne greifen?

Wunder der kristallenen Strukturen.
Der Farben buntes Band
in hellen Spuren.
Tief in ihm das Rätsel
seines Spiegelbogens,
geheimnisvoll aus Licht gewoben.

Was hier fließt, sich ordnet,
sich verliert und wiederfindet,
bindet aus der Kraft sich zeichnend
neues Leben im Sich-Geben.

Wie sich's in ihm wandelt,
strömt, durchsetzt
und in seinem Licht
der Ursprung einer Quelle lebt,
Raum und Zeit durchströmt,
bis das, was sich aus ihm
in deine Hände gibt,
sich weiß
sternenweit durch ein Unendliches gegangen
und durch ein kleines Stückchen Eis.

Seltsam fremd?

Orchidee

Einst gebar dich
eine fremde Sonne,
ein anderer Stern
über endlosen Wäldern.

Fern deiner Heimat
liegst du in meiner Hand,
unter einer fremden Sonne,
in einem fremden Land.

An jedem Tag
liegt der Reichtum des Lebens
seltsam grenzenlos
in deine Hände gegeben.

Lichtgedanken, die ihre Segel
in den Himmel weiten
im Atem der Unendlichkeiten,
in der die Blüten dieser Welt
für uns reifen.

Der Heimgang

Nach der Sturmnacht,
die Sonne steht wieder im Licht.
Über den Wellen flutet
ihr goldener Strich
und Kreis um Kreise
vereinen sich
mit den strömenden Wassern
zu hellem Scheine.

Silberinseln im Wellenspiele,
im Tanz mit der Narrheit des Windes,
der nun wie liebkosend
über die sich kräuselnden Wellen strich,
über sie hüpfte
mit lustigen Sprüngen.

Dann, sprechend
die lebendige Stille,
die sich über den Fluss gelegt,
der sich zwischen breiten Inseln
tanzender Schattenflecken
hin zum Meer, zum großen Meer
in seine Heimat bewegt,
heimgeht unter den Wellen
eines flutenden Lichtes,
das sich nach einer Sturmnacht
wieder über das Land gelegt.

Windgewogen

der große Atem der Welt.
Alles bewegend treibt er
den Flug der Möwe
in sein Spiel,
trägt schwerelos die Schwalbe
über weite Dünen hin und
reitet in den Wirbelstürmen
hoch auf Wolkenwellen übers Meer.

Wind verweht Erinnerungen,
die mit seinem Wort vergehen,
weggeweht,
steht als Mächtiger in hohen Bäumen,
die an ihm zerbrechen,
liegt dann in gewollter Stille
heimgekehrt,
in den Wolkenwirbeln eingewiegt,
die sich mit ihm
um die Felsentürme drehen,
jagt die Dohlen
an den steilen Wänden hin.

Seine windgewandten Hände
wühlen in den losen Blättern,
die der Herbst vom Baum gelesen.
Wind, der Vielgesichtige,
wer vermag in seinem Wort zu lesen,
wenn er seine Wettertücken
klagend aus dem Ofen heult,

rüttelt an den Zeitenspuren,
wenn er die bizarren Formen
zeichnet in die Felsskulpturen,
vielgeformt und abgetragen
seine Dimensionen
ins Gesicht der Erde eingegraben.

Über weiten Wiesen jagt er
ausgereifte Samen
wie geflügelte Propeller
wirbelnd durch die Luft,
steigt und fällt und ruft sich
alle Töne dieser Welt
zu Musik in seine Sprache,
weiß zu weiten sich in ihr,
rundum in sie einzugleiten
bis zu den ersehnten Grenzen
seiner wohlverdienten Stille.

Ich jage mit dem Wind,
weil ich's gelernt, ihn
zu umarmen.

Baum,
betrunkener Geselle,
wie wiegst du Well' um Welle
liebesblind
deine Zweige mit dem Wind,
biegst dich ihm
und liegst in ihm,
gibst dich schwankend,
torkelnd,
seinem Spiele.
Greifst nach ihm
wenn er dich umarmt
und lustbewegt
nach den reifen Früchten greift.

Dort, wo er in seinem Rausch
die ganze Welt bewegt,
hat auf seinen Wegen er
auch mich in seine Hand
geweht,
bin ergeben ihm,
wiege mich mit ihm
ins Schwerelose
und umarme ihn,
diesen vollgeblasenen Wirbelwind.

Voll der Lust mich an ihn
hingegeben,
windbewegt und heiter
ziehe ich mit ihm
über Feld und Wiesenweite,
jage mit ihm durch die Gärten,
bis ich ihm hoch im Wolkenfeld
entgleite
und dort selbst
Bewegung im Bewegten bin.

Adieu nun Bruder Baum,
ich kann nicht bleiben.
Ach – nimm es heiter!
Der Wind hat mich umarmt,
ich ziehe mit ihm weiter.

Legende eines Wassertropfens

Woher ich komme,
fragt ihr?

Aus des Raumes Tiefen,
grenzenlos
und ohne Zeiten,
von dort,
wo euch das Schweigen,
von dort,
wo die aus Tau geborenen
zu großen Tropfen reifen.

Ich wohne
wo die Quellen springen,
aus denen sich
Gesänge singen,
in munteren Bächen
und dem Fluss
hindrängen
in die Täler ihrer Niederungen.

Dort bin ich dann der breite Strom,
der alle Ufer bindet,
bin der Sonne Spiegel
und des Himmels Tiefe,
bin die Welle,
welche alle Schatten trägt,
die aus hohen Bäumen
auf den Fluss gelegt.

Ich bin im Fließen,
bin im Sich-Ergießen
in die Gezeiten
jener großen Sammlung
Meer.

Heimgefunden so
in den weiten Ozean
bin ich Tropfen wieder dann,
Tropfen in dem großen Heer
der Vielen,
ausgelotet meine Tiefe
und bestimmt zur
Wiederkehr.

Wer weiß den Durst zu stillen

Schatten lagen
tief und schwer über dem Land,
glitten träge mit der Wolken Meer
im breiten Band
über die dürstende Heide.

Nur ein zart bewegtes
Luftgewand webte noch
mit leichter Hand
seine Silberschleier
wie Seide über den Sand.

Die Disteln schrieen ihr
Dornenweh in die flirrende Hitze.
Doch noch ehe die späte Stunde
ihr Bild diesem kargen Tag
gezeichnet,
erhob sich die Stimme
aus schweren Wolken
zum Wettergesang
und Regen, Regen kam,
der die Blüten rief
in das dürre Gesträuch.
Rosengleich glühte der
Lichtfunkenregen
und die Wasser wussten
zu ergießen sich,
sich aus dem Urgrund
unendlicher Quellen zu heben.

Weit drüben
über den Zinnen der Türme
wehten die Winde,
über dem Gemäuer
sang ein Vogel
das Wunder seiner Stimme
und mit jedem Schritt
wuchs die Hoffnung,
die uns glauben macht,
dass für uns
über und unter
trockenem Land
die Wasser noch fließen.

Zurückgespiegelt

Die Fahne am Turm
wie ein Segel im Wind.
Unter leuchtendem Blau
das tiefe Grün
über Wäldern und Wiesen.

Die Leichtigkeit des Seins
spielt ihren Tanz
aus Silberzweigen,
bündelt Schönheit
zu erhabenem Glanz.

Sorglose Welle des Windes.
Über dem Wasserspiegel,
Wolkenträume.

Unendlichkeiten,
Inseln, auf denen
die uns verborgenen Blüten
reifen.

Im Widerspiel

Wenn ich das Licht
des Mondes
in meinen Händen fange,
eine lange Nacht lang,
betört und umgaukelt
von seinem Schein,
trete ich ein in seine Welt
und ziehe mit ihm
über tausend Hügel hin,
bis ich einen Atemzug lang
sein Lichtbote bin.

Dort wo ich über erhellten
Wiesenräumen
mit ihm seine Himmel träume,
bin ich die Lichtwelle
in seinem Strom ohne Ende,
eine Welle auf seinen Wanderwegen
über unsere Erde,
bin sein Gefährte
über sternbesäte Welten hin,
bis ich in seinem Glanz
mit ihm
der Gefangene der Sonne bin.

Hände haben,
um zu teilen.

Bist du Gast
in meinem Hause?
Ich heiße dich willkommen,
trete auf der Schwelle
dir entgegen,
dir zu reichen
Brot und Wein,
um mit dir zu teilen.

Mögen unsere Hände
Segen haben,
dass das Brot
die Körbe fülle
und der Wein
den Krug der Krüge.

Mögen wir, namenlos,
dem Tag das Fest bereiten,
denn der Hunger derer,
die vor unseren Türen
warten,
ist sehr groß.

Wo uns Heimat ist

Ihr wisst noch nicht
was Heimat ist,
ihr steht noch draußen
vor den Toren.
So lange ihr die Heimat
nicht verloren,
die wir euch hüten,
vermisst ihr nicht.
Oja,
auch mir ist Heimat
diese Welt,
die Große – Wunderbare,
so schön, so stark
in ihrem Zorn,
aus allen Körben schenkend,
in ihrem Wort an uns
so wahr und so verworren.

Wenn ihr, die ihr
das Erbteil euch genommen,
es dort verprasst,
dort draußen vor den Toren,
entblößten Hauptes
wiederkehrt,
dort, wo man euch
das Fest bereitet,
dort –

Sturm, Sturm

Welten wellen
in brüllenden Wogen.
Entfesselt im Sturm
brechen die Brecher
die Brücken,
irren die Flüsse
durchs Land.

Liegt alles Leben
in die Hand
eines Wütenden
gegeben.
Erschrocken
atmet der Morgen
im Zorn der Gewalt.

Sturm, Sturm!

Biegen sich Bögen,
drehen im drohenden
Wirbel sich Welten,
halten stand.

Sturm, Sturm
über dem Land.
In wilder Wucht
prallt es an
bröckelnde Mauern.
Es brechen die Dämme,
bersten die Wälle,
krachen die Dächer.

Sturm, Sturm!
Mit eiserner Hand
greift er
was sich ihm fand.

Widerstand!
Widerstand!

Nur ein einziger Baum,
mitten im Land,
wellt aus der Wucht
des Windes,
löst alles Gegen
und Wider,
biegt sich
im Beugen zum Bogen
und nimmt sich
dem Sturm
aus der Hand.

Auf einer langen Fahrt

Sehnsucht nach Heimkehr

Es lag unendlich Schönheit
über dem Wald.
Über den Hügeln und Wiesen
verbarg sich die Stille.
Weit stand des Himmels Zelt
über dem Weg im Zusammenspiele
von Dasein und Wandel
in den golddurchfluteten Wipfeln,
den Lichtgefäßen,
den unendlich vielen.

Mit zarter Hand
nahm der Wind
was sich ihm fand
aus sich schenkender Fülle.

Wer waren wir gewesen, die,
die wir einst gingen
durch dieses Land,
durch Elsaß und Lothringen
bis hin zum Vater Rhein?

Was sind die Zahlen und Stunden
und Jahre
in den Jahrhunderten,
Jahrtausenden
im grauen Dunst
eines ewigen Tages?

Die, die dem Land einst
ihren Namen gaben,
sie sind gegangen.
Wir sind aus ihnen wiedergekommen,
aus den Jahrhunderten
eines ewigen Tages,
sind wie der Zweig und das Blatt
auf einem tief wurzelnden Baum,
sind die stille Heimkehr
in ein ohne Grenzen Wunderbares.

Geliebtes Land!
Die vielen, die einst
deine Mitte waren,
sind uns heute die Spur,
auf der wir, dich suchend,
wieder erfahren.

Die Welt ist tiefer gedacht
als wir sie erahnen.
Wir sind nur das Erinnern in ihr,
auf einem kurzen Weg lang Zeit
in ihrer Sprache.

Dort, wo die Wiesen und Wälder
uns heute wieder grünen
und blühen,
rauscht der Wind in ihrem Wort
zu einem mächtigen Gesang,
wenn wir auf unseren Wegen ziehen
dich suchend,
geliebtes Land.

So sprach der Mond zu mir

Ich bin dir Bruder
und Begleiter.
So manches spiegelt sich
in deine Hand
aus meinem Licht.

Doch ziehe ich stets
mit der Sonne weiter,
weil sie für mich
die Sprache ist,
aus der die Dunkelheit
in mir
zum Licht sich spricht.

O Mond!
Bist du mir
Bruder und Begleiter,
so wisse nun,
auch ich begleite dich.
Und wenn die Sonne uns
in ihren Bogen spannt,
sind beide wir das Licht
aus ihrem Glanz,
sind ihr Begleiter.

Gedankenspiel

Eins und Eins ist Zwei,
das wussten wir als Kinder schon.

Eins und Eins und Eins,
es ist ein Vieles
in der nächsten Dimension,
weil das Ganze mehr ist
als die Summe seiner Teile.

Dann, ja dann, mein Sohn,
Eins und Eins und Eins und Eins ...
ist eine Million.

Doch dort,
wo sich das Hohe
mit dem Höchsten hat vereint,
ist Eins und Eins das Eine.

In Namibia

Okawango,
der Fluss ohne Wiederkehr

Hörst du den Wind über ihm,
in seinem Gesang?
Wie auf silbener Flöte spielt er
den Klang seiner Farben
in die Wellenoktaven.

Wegweit, durch weite Räume suchend,
liegt seine Stimme
auf breiten Wellen sich bindend,
durchgleitend das Land,
aus ihm erfahrend ein immer Neues,
Vieles, ein Anderes wahrend.

Okawango.
In seiner Sprache
der ungebrochene Gesang
der Wasserströme aus Zeiten und Zeit
im Rausch zu den Tiefen.
In jedem Augenblick das Wache
und die Wunderwelt der Erde
in der Stimme der Eile
hin zu seinem Ziele.

In den Halmen des Schilfes
gebündelt die Webfalten seiner Jahre
im Strom seiner Zeit und
das Land um ihn,
das mit fordernder Hand
nach seinen Wassern greift.

Der Strom, der breite Strom
ertrunken in ihm,
schweigend gebunden
in breiten Tümpeln und Teichen,
weggesunken, verbrüdert
den Tiefen der Erde.

Das war Okawango,
der mächtige Strom
auf dem Weg zur Heimkehr
in das Meer.

Hörst du den Wind über ihm,
dem Fluss ohne Wiederkehr?

Frühlingssterben in uns

In jenem Jahr,
in dem der Baum
uns nicht mehr blühte,
weil es in uns
das Wort für Blühen
nicht mehr gab,
starb der Frühling.

Man sah die Kinder
am Marktplatz stehen,
sich um den Märchenerzähler,
der dort in Stein gehauen,
drängend bewegen,
um seinen Gesängen
und Worten
zu lauschen,
denn er wusste aus alten
Geschichten
noch zu berichten,
dass es einmal einen Frühling
gab,
in dem die Bäume
noch blühten.

Hoffnung

Sei still
mein Kind,
die Nacht,
sie hat noch Sterne
und den Mond,
der aus des Tages Gestirn
des Lichtes Fülle nimmt.

Sei still
mein Kind,
die Nacht,
sie hat noch Sterne,
für die wir alle
Brüder sind.

Sei still
mein Kind.
Dort oben wohnt
ein Vater,
dem wir in seiner Welt
des Lichtes
geliebte Kinder sind.

Kinderreigen

Dreh' mich
dreh' mich
rund im Kreise.
Eins, zwei, drei,
komm herbei,
sag es an
wer ihn länger
tanzen kann.

Nebelschleier, Wolkenwehen,
wer vermag es zu verstehen,
wie sich meine Runden
drehen,
drehen wie ein Rad
auf Weltenreise.

Knaben, Mädchen
tanzen um den Brunnen,
tanzen sich mit mir ins Nass.
Während dort die Apfelbäume
sich im Reigen mit mir zeigen,
falle ich mit ihren Blüten
schwindelig ins Gras.

Und der Mond,
noch silberweiß und groß,
am Himmel dort zu sehen,
ach wie lustig ist es doch,
wie ein langer Strich am Horizont
sieht man ihn
mit den Sternen an der Hand
übers Land spazieren gehen.
Fenster, Türen
haben's eilig,

drehen sich mit mir
gar flink im Kreise.
Haus und Hütte
und der Stall,
alles dreht mit einemmal
sich im Rundherum
auf lust'ge Weise.

Selbst der Schrei
von Henne und von
Gockelhahn
zieht auf einer langen Bahn
sein Gesänge
einmal laut
und einmal leise
durch gedehnte Klänge.

Alles dreht sich wie ein Rad,
geht dorthin
und kommt dort an,
wo es einst begonnen hat.

Dreh' mich, dreh' mich,
wiege, woge, walze
meine Arme ausgebreitet
wie ein kleiner Vogel
gleitend.

Und am Ende,
welch ein Spaß,
fall ich wie ein reifes Blatt
schwindelig ins Gras.

Verloren

eure Kindermärchen,
erfroren in einer kalten Welt.
Ihr werdet es nicht mehr wissen,
dass Frau Holle
Schnee auf die Erde gestreut,
winterweit weiß.

Ihr werdet nicht mehr wissen
die Welt,
deren Himmel
einem armen Mädchen
aus seinen Sternen
die Taler gezählt.

Ihr werdet es nicht mehr wissen,
dass die Treue ihr Herz
in Eisen geschmiedet,
dass der Ofen alle Klagen erhört
und dass der Stein
dem glücklichen Hans
als Geschenk geblieben.

Ihr werdet vor dem eigenen
Spiegelbild stehen,
Schneewittchen in seiner Schönheit
nicht sehen.

Ihr werdet nie wissen,
dass der Drache im Stillen bewahrt,
dass ein einziges Blatt
verwundbar zu machen vermag.

Ihr werdet es nicht mehr wissen,
dass einer Prinzessin
aus einem Frosch
ein Königssohn geworden.

Ihr werdet es nicht mehr wissen,
dass vor den Toren eines Schlosses
der Rosenstrauch mit seinen Dornen
dem alles Durchschreitenden
zur Prüfung geworden.

Hoffnung

Dort wo in uns
die Türme unserer Eitelkeiten
unter der Wölbung
eines selbst ernannten Himmels
verfallen,
weiß die Sonne ihre Segel zu weiten
im Licht
und mit seiner Kraft
über allen Irrtum in der Menschen Werke
zu siegen
und
uns ungefragt die Fenster
zu den Altären der Ewigkeit
aufzutun dort,
wo die Weisheit behütet noch blüht
in unserem Glauben daran,
dass nicht eines vergeht,
ohne in neuer Gestalt und zeitverändert
in uns wieder zu erstehen
und dem,
der in den noch ungewußten Räumen
seine Wege wagt,
wird das Verborgene wieder neu geboren
in dem,
was wir in uns schon verloren gehabt.

In bewegter Form

Eins sind wir in ihr,
in Kraft und Weisheit
die wohlgedachte Welt in allem
und bereit
zu empfangen
unsere Tage
mit heiterer Gelassenheit.

Mit jedem Schritt
durch Sturm und Wind
sind wir der Atem
in der Zeit.

Zeitstimmigschwer
steigt über uns
und in uns
der Sterne Meer
in seine Ewigkeit.

Zwei Wesen im Licht

Dort, wo in den blauen Blütenspitzen
der Himel brennt,
das noch Verborgene am Grund
des Kelches
die Fülle des Lebens trägt,
aufströmend über der Blüte Blatt
zur Höhe hindrängt,
zum Raum,
dem weiten Raum über ihm,
in dem die Leere unendlich
schien
und doch unendlich mehr war
als das Nichts,
dort bist du
die Blüte in IHM,
ein Wesen aus Seinem Licht.

Dort, wo der Himmel
in dir brennt,
in dem du diesem Anderen
begegnest,
das unter dem Lichtbogen
eines Sternes
im Kinde geboren sich nennt,
zum Wort an uns geworden,
das alle Grenzen überschreitet
zu dem hin,

was in uns Menschen
das Trennende schien
und doch
das Eine war
in Dem,
der es werden ließ,

dort bist du, Mensch,
das Wesen
aus seinem Licht.

Stets unterwegs

*Was auch immer es war,
ich war stets unterwegs.
Ich ging und ging,
ging wegeweit aus
und kehrte doch
immer wieder
in mich zurück,
kehrte in mein Zuhaus,
um viele Spuren
reicher geworden,
um auf dem Weg
im Atemzug eines immer Bewegten
der Atem zu sein,
aus dem ich geboren.*

*Mein Weg.
Was immer er mir
vermochte zu sein,
auf ihm
ging ich aus,
aus ihm ging ich ein,
um den Bewegten in mir
auf ihm
stets Bewegung zu sein.*

Kosmische Poesie

Am Abend,
wenn alle Farben des Tages
schon abgespielt,
bin ich in ihm gebündelt Licht,
von seinen Farben durchglüht,

bin auf seiner Geige Oktavenspiel
das Intervall,
das mit seinem Klang
die Welt der Farben spricht
meinem Tag.

Ich bin im Siebenbogen
der Ton,
der sich aus ungezählten Tönen
in den Farbton gespielt,
in dem ich ein Teil
seines Spektrums nun bin,
der kosmische Ton,
der sich einen Tag lang
in mich eingespielt.

So bin ich am Ende meines Tages
farbgeformt
der Ton aus gebündelt Licht.

Eine sonderbare Nacht

im Traum auf der Fahrt
mitten durch die Angst,
viele Stadien weit mit der Zeit
durch ein Niemandsland.

Träume,
jene Spukgesänge,
Wortgehänge,
Bilder in den stillgewordenen
Räumen einer Nacht,
während ihre Märchen reifen,
blühende Gedanken ranken
wie im Wildwuchs
seltener Gefühle,
greifen nach den Truggestalten,
welche jenseits aller Worte liegen,
zwischen Wahrheit
und der Lüge
in den Spuren dieser Nacht.

Viele Stadien weit
reisen mit mir,
mit der Angst, Gedanken
durch ein Niemandsland.

Die Würde des Dunklen,

des Unergründlichen,
Geheimnisvollen,
vielsagend
unerschöpflich
noch unerhellt,
schweigend verhüllt.

Doch wenn das Licht
der Sonne
das Mysterium der Dunkelheit
betritt,
erfährt es auf seinen Wegen,
dass Dunkelheit in dem,
was sie zu fassen vermag,
der Stern der Nacht
und so manches Mal
tiefer als der Tag ist.

In ihren inneren Gründen
bindet sie
eine kurze Spanne Zeit Helle
auf dem Weg durch die Finsternis.

Sie ist das Gestirn
der Sonnenschatten.
Sie ist in jedem Morgen
verborgen
und weiß in Würde zu tragen,
was Dunkelheit bedeutet
dem Licht.

Alles Jetzt der Zeiten

Tief im Mantel der Erde geborgen
liegt alles Jetzt der Zeiten,
liegt das Vergangene gedacht,
das auf sie hinabsank
und alles bedeckte,
was heute aus ihm uns
ans Licht gebracht.

Im Blick zu den Gründen
der Jahrmillionen,
den ungebrochenen Jahren
aller Zeiten,
inmitten eines lebendigen Heute,
das weltweite Gestern
zeitüberdauernd zu erfahren.

Denn überall ist Licht,
im Wissen aus den Quellen
des Überflusses an uns gegeben.
Das Geheimnis des Weinstockes gilt
und im Gleichnis des Weizenkornes
liegt unser Weg.
Was unter dem Ölbaum geschah,
ist Wahrheit
und gewaltig an Leben.
In seinem Rhythmus
singt und klingt die Welt,
zählt aus der Mitte ihrer Zeit.

Das Moos an der Felswand
weiß die Zeichen des Lichtes.
Im Schatten der Sonnenkreise
liegt die Stille,
wartet die Stunde
in den Hecken der Rosen,
den Tausenden von Jahren bereit.

Wo unter der Sonne Bogen
die Tage sich lösen
in den Gang ihrer Zeit,
dort, wo der Mensch
seine Stunden gewogen,
sich eingebunden
ins Spiel aller Kräfte,
ist Ursitz und Ewigkeit.

In ihr ziehen die Menschen
im Wechsel ihrer Geschicke
vor des Meisters Pforte
und der Weg zu ihr ist derTanz
aus dem Orte des Irrtums ins Licht.

In seinem Wort liegt die Wahrheit
aller verborgenen Märchen und Sagen,
liegt das Wort der Liebe
in den heiligen Texten niedergeschrieben.
Ihr Buch, das Buch der Menschheit,
ist das Szepter, der Wanderstab zum Licht.

So bin ich wach

Wie ich biege,
wie ich falte,
wie ich es gestalte,
lass' mir durch die Hände
gleiten Zeit und Zeiten
in den Fluss der Jahre.

Wie den bunten Faden,
den ich ziehe
durch die Webe,
binde ich die Tiefe meiner Wege.
Eingebunden in ein Ewiges
gebe jeder Welle ich
den Zufall,
lass auf dem bewegten Wasser gleiten
meines Himmels Silberspiegel.

In der Fülle solchen Lebens
hänge ich den Schleier des Unendlichen
wie ein schützend Dach
über jeden Morgen,
welcher dürstet nach dem Tag,
den ich biege,
den ich falte,
den ich mir gestalte.

Gedanken
im Bewusstsein der Zeit.
Gedanken, die
in Kräften gebündelt,
aus ihrem Gdankenfeld
über den Rand eines anderen Feldes
springen.

Gedankensprünge

Es war die Helle in den Zweigen

Ich stand am Tor,
die Sonne sank.
In hellen Flammen
stand das Land.
Fast noch im Blau
schau ich in den Mond
hoch über allen Dächern.

Dort im Baume vor dem Hause
lag der Schnee,
bog die Äste tief zur Erde.
Lichtbesäte Wunderwelten
waren angetan
mit weißem Hute.

Auf stillen Wegen
war die Nacht herabgekommen.
Es war so eigen mir zu Mute,
als müsst' ich mich
vor diesem Bild verneigen,
denn jene Sterne,
die mich sonst vom Himmel
grüßten,
saßen heute über mir
in hellen Zweigen.

Nur ein Augenblick Heimweh

*Kleine Dörfer, halb verschlafene Weiler und ein altes Schloss, Bach und Buschwerk, heitere Welten kreuzen meine Wege.
Bilder längst vergangener Tage. Tiefer spüre ich Raum und Zeit in der Rückerinnerung.
In den Gärten vor den Häusern, Blüten, Blumen, welche ihre Zeit aus den reifen Blättern greifen. Sonnentage, die zu bitten wir doch nie vergaßen, hinter dunklen Wolken nicht zu welken, ihre vollen Lichterkelche tief zu Boden abzusenken, zu beschenken uns. Und – sie taten's.
Ja, so lebten wir in ihnen und so waren wir. Dieses lässt sich heute nur im Stillesein begreifen. Dieses Land und alle seine Wege, welche heute wieder uns bereit, sie in uns zu erspüren. Seine Tage, uns gegeben mit den reifen Äpfeln in den Bäumen und den leuchtendroten Früchten seiner Ebereschen auf den Wegen, den lebendigen Lauten seiner Sprache und den Menschen, welche uns entgegenkamen.
Steht verlassen dort die Schmiede und ihr Meister längst entschlafen. Still steht nun das Wasserrad. Hör' ich heute noch den Hammer schlagen, seh' vom Amboss Funken sprühen; durft ich doch so manches Mal an dem Blasbalg ziehen, um der Kohle Glut zu Flammen anzufachen.
An der Schmiede dann vorbei, auf dem Hügel hin zum Stiegerhof, unter hohen Bäumen eine Auszugskeusche, leer und halb verfallen. In ihr lebte einst die Sefa, eine Tagelöhnerin, in dem Sparherdzimmer mit*

den vielen Blumen in den Fenstern. Dicht die blühenden Geranien, so, dass nur noch wenig Licht in die Stube kam.
Vor dem Haus der kleine Kräutergarten, blumenumsäumt.
Diese alte Frau musste einst für uns jene Fee gewesen sein, die heimlich durch die Wiesen ging und uns Kindern diese Buntheit schauen ließ und die Achtsamkeit uns lehrte vor der Vielfalt ihrer Welt.
Sie kannte alles was hier lebte und wusste von der Heilkraft, die in jeder Blüte sich verborgen hält.
Glücklich waren wir in diesen Jahren. Viele Augenblicke waren es, die uns heute, tief im Herzen, immer wieder einen Heimweg bahnen in die Tage, die wie zeitlos sich uns gaben aus dem Gestern, aus den Kinderträumen zurück in unsere Zeit.

Venedig

Groß ist deine Nähe,
kostbar und klar.
Deine Sehnsucht nach dem Gestern
von Unruhe erfüllt,
weil das Gewesen dich schreckt,
in dem deine Endlichkeit liegt.

Das offene Fenster zur Welt,
das du einst warst,
Stadt, die von ihren Wünschen
farbgeblendet
in unvergleichlichem Kleide
dich sahst,
lässt deine Träume wach
sich geben dem Augenblick,
in dem du einst warst im
Geben und Nehmen.
Von viel Zeit erfüllt stehst du heute
im Abendlicht deines Tages da.

Venedig
In deinem Bilde sichtbar
aus der Lagune gewachsen
der Dogen Palast.
Über seinen Laubgängen
trug er einst
den Mittelpunkt
aller Sehnsüchte eines Kontinentes
zum Tor des Orient,
durch das du einstens
in eine andere Welt geschritten warst.

Zeitsprünge, aus denen noch heute
lebendige Brunnen fließen.

Venedig, du
bist Leben aus der Vergangenheit,
der Wanderer zwischen zwei Welten.
Die Giebel und Türme,
die ihre Schrift in den Himmel geschrieben,
Brücken, die zu Treppen sich fügen,
Wege zu weiten Plätzen.
Der Dom und alle deine Paläste
von unzerstörbarer Schönheit
liegen über den dunklen Fluten
deiner Wasserwege.
So schreibt die Zeit ohne Ende
ihre Spuren zeichnend in die
steilen Wände an ihren Ufern.

Die Barke singt ihr Lied
im Wohlklang der Erinnerungen
an vergangene Tage,
geborgen das Wort deiner Jahre,
aus dem Einst
in das gelebte Heute,
aus der Zeit,
die aus des Meeres Fluten
dich gebar.
Wie ist sie doch ins Blau
gesunken die große Liebe,
die dir aus ihm einst war.

Das Meer, das unersättliche Meer,
das deine Schritte
in sein Tagebuch geschrieben,
aus dem du einst emporgestiegen,
es nimmt sich von dir wieder,
was du ihm einst nahmst.

Weit ausgegangen,
weit in die Welt,

wieder heim gekommen
in eine Welt,
in der das Meer dich wieder
in seinen Armen hält.

Im Jetztsein und
im Gewesenen

Die Verzeihung.
Eines Tages
kehrte er zurück,
suchte,
fiel,
stand auf,
blieb still und
in allen seinen Fragen
gefangen.

Die Spuren derJahre
zeichneten tief in seinem Gesicht,
lagen auf dornenverwachsenen
Wegen
eines verwilderten Gartens.

Er suchte nach der grünen Insel
einer lange vergangenen Zeit.
Er suchte nach dem steinernen Antlitz,
das nun, auf hohem Sockel bereit,
vor ihm stand.

Er, der heute in Stein gemeißelt
so ihm begegnet,
war ihm einst nicht gewogen.
Doch das, was er ihm
in längst vergangenen Tagen
gewesen,
war, aller Zeit enthoben,
heute nicht mehr aus dem Stein
zu lesen.

Frage und Antwort auf viele Jahre.
Wie konnte man es begreifen,
was sich hier fand?
War es ein Zeichen?
Umwachsen von wilden Rosen
die hohe Gestalt.
Rosen, Rosen, Rosen,
Zweige, die dicht sich
um sie gerankt,
schmückten nun ein Gesicht,
schmückten seine Lippen
mit prallen Knospen.

Eine Rose, die auf steinernem Munde
zu blühen begann.
Die Antwort niedergechrieben
auf lächelndem Munde.
Ein Gesicht, das aus blühenden Rosen spricht.

Zueinander in Liebe entbrannt

Wetterwolken über dem Meer und dem Land. Weit liegt es, das Land, bis hin zu den Grenzen seiner Zeit, gedankenweit.
Seine Wälder tragen am Rand ihres Schweigens ein stilles, fast unhörbares Wort, haben sie doch in ihrer Endlichkeit sich so vieles an Unfassbarem zu sagen.
Über den weiten Hügeln fließt, von sanften Wellen getragen, der Tag zur vollen Stunde. Wolkenweit lacht es aus noch blauem Himmel, tropft eine Spur Heiterkeit in langen glitzernden Nadeln in die breiten Ströme der Goldflammenfarben einer unentrinnbaren Jahreszeit.
Dann aber, aufsteigende Wolken tragen ihr Donnerlied wasserschwer weit hin zu den Tiefen.
Über den Blumenwiesen tanzen noch Schmetterlinge, spielen sich ihren Rändern entlang bis zu den Holunderhecken und lassen ihre Flügel, durch die Ströme der Winde gleitend, farbenfroh brennen im Licht.
„Du sollst dich mir schenken!“ wollte dies sprechende Bild über den Höhen mir deuten.
Über tiefblauem Meeresspiegel lag in gleißenden Ringen die Sonne, sich tastend hin zu den Tempeln der schroffen Felsenbuchten.
Mein Kahn schwankte leicht und meine Blicke suchten erschrocken hinauf zu den aufziehenden Wolken. Sie zögerten noch in ihrem Donnergrollen die Blitze allzu grell zu zünden. Ruhig, in seltener Ruhe ruhig, tiefte das Meer in seinem dunklen Blau, ahnend die hohe Zeit der Rückkehr jenes Augenblickes der Umarmung im

unentrinnbaren Geschehen mit den in aller Zorneskraft brennenden Gewalten.
Wie vom Zauberstab berührt erschien dieses Bild über den Höhen in unheimlicher Gestalt.
Dann geschah es!
Aus der Kuppel des Wolkendaches zündeten Blitze, tropfte Unendlichkeit.
Unter Donnergewalten versuchte das Meer, das gewaltige Meer, sich diesem Geschehen zu ergeben. Zwei Elemente sich vereinend in ihrer Kraft.
Leben zu Leben.
Und das Pfand im Aneinander-sich-Geben war Liebe. Liebe in unendlicher Vielfalt allen Geschehens.
Liebe im sich Umarmen, der Atemzug eines immer Bewegten, dem Leben sich zu geben.
Mein Kahn suchte über die sich türmenden Wellen hin zum Ufer, suchte den Weg zur Geborgenheit, eingebunden in eine Welt im mächtigen Gesang zweier Welten.
Ungeschrieben das Wort dort, wo der Himmel und das Meer zueinander in Liebe entbrannten und mich in diesem Spiel ihren Bruder, ihre Schwester nannten.

Nur ein Atemzug gestern

Mir zu Füßen das Meer, das lebendige Meer und hier oben die auf mächtigen Klippen thronende Burgruine, die Stätte des sagenumwobenen König Artus.
König Artus, eine lebendige Geschichte.
Alles, alles in ihr ist endlose Weite und du, der du ihr einmal warst, bist noch mitten in ihr; du, dessen Atem das Land noch erfüllt, wenn sich die Tage der Vergangenheit in die Räume unserer Gedankenwelten spielen – manchmal zu groß für unsere Zeit.
Der Wind weht zu Sturm und weht die Einsamkeit aus allen Winkeln, weht sie weit hin über das Meer, und dem Land bleibt die Stille.
Alles, was sich aus ihrem Atem zu bewegen begann, ward, aus sich selbst erwachend, wieder zu Sprache.
So viel des Wortes aus vergangenen Tagen war zu hören. Welten, die einmal gewesen und Wirklichkeit waren in König Artus Zeit und der seiner Getreuen.

Weit in der Ferne, im leichten Dunst, verschwindet im Nebelgrau was einmal uns Grenze war zwischen dem
Gestern und unserem Heute.
Hier oben am Berg, in des Königs Burg, fällt die Zeit aus bröckelnden Mauern, einst Quelle eines in ihr wirkenden
Geschehens und heute Schritt für Schritt Gegenwart.

Tausend Erinnerungen spiegelt der Augenblick aus Vergangenem. Ein Mosaik im Netzwerk Zeit.
Welten erwachen in ihm, brechen das Schweigen
und werden zu Sprache.
Wer warst du, König Artus, du, der du einst mit den Deinen am runden Tisch zu Einem warst?

Der Ursprung der Zeit aller Zeiten ward hoch oben über steilen Klippen wieder zu Gegenwart.

Symbol und Wirklichkeit

Weit ausgegangen dort,
wo ich über die Berge gehe,
die für mich noch keinen Namen haben,
wo die Höhen in ihrer vielgestaltigen
Sprache des Lichtes mich
in das Bild der Weiten des Himmels
tragen,
gründen Unendlichkeiten
über den Wildwuchs unserer Tiefen,
zeichnen Landschaften,
durch die noch die Spuren
der Schritte Gottes führen.

Hier auf den Höhen
der Morgen hellauf
und drunten in den Tälern
die dunklen Schatten
über der schlafenden Gestalt
der Erde.

Stille. Schau mit allen Sinnen,
die deine Seele durchtönen,
dir offenbaren das Eingebundensein
in die Kraft alles Wahren und Schönen
auf den Wegen im Atem
der ersten Schöpfungstage.

Schweigen über dem Wald.
Ein Stück Ewigkeit fällt aus der Zeit,
fängt sich in den Spuren
lichtdurchfluteter Farben,
in den Flügeln der Falter,

die ihren Tanz
über den offenen Kelchen der Blüten
wagen.

Vielleicht vermag auch ich
in ihren Farben zu spielen.
Vielleicht nimmt man mich wahr,
tut nur auf das Sonnentor
zu den Welten, den mir noch
unbekannten, vielen.
Vielleicht wird mir der Eintritt gegeben
zu den Wegen der unendlichen
Dimensionen unter dem
kupferrot leuchtenden Sonnenspiele
über den Kronen der Wälder, den Hügeln,
über den Almen, den Schluchten und
Graten, dem Paradies, das weltweit
sich aus ihnen widerspiegelt.

Vielleicht bin ich mit im Klang,
im Wortgesang der tosenden Wasser
über die steilen Stufen
einer lebendigen Wildnis.

Jahrmillionen auf den Wegen der Menschheit
durch die lebendigen Bezirke
unseres Lebens,
ein unzerstörbares Bildnis.

Tief unten im Tal
steigt die Lerche ins Licht,
singt die Drossel ihr Lied,

zeigt sich eine Welt,
die in der Stille des noch nicht Gesagten
schon ihre stumme Mitsprache hält.

Eine Welt in den lebendigen Gärten
der Erde, welche die Wege wählt
der blendenden Helle,
wenn sich das Licht über die
Sonnenhänge der Talebenen legt.

So sind wir auf der Wanderschaft
durch alle Zeit, wenn Blüten
in dunklen Büschen blühen
und weiße Sterne im dichten Gezweig
dort, wo wir über die Berge gehen,
brennenden Herzens suchend
zu den Höhen,
zu den Höhen über uns,
für die wir noch keinen Namen haben.

Gedanken, bunte Pinselstriche
zeichnen
Horizonte,
Intervalle,
Räume einer Wirklichkeit,
Quellengründe tieferen Erfahrens,
        aus dem die Weisheit spricht:
        Ob du es wohl zu glauben wagst
        oder auch nicht,
in allem, was dir hier geschah,
war ich!
        Sahst du mich nicht?

Gedanken, bunte Pinselstriche
schwarz auf weiß stand es geschrieben,
was dem Wissen Weisheit ist.

Gedichte

Was hier euch
Farbe, Form verleiht
und eurem Wesen
die Gedanken,
ist freilich nur
des Dichters Werk,
Zurückruf zu den Quellen
seiner Sprache.

Doch was auf solche Art
das Wort sich hat erwählt,
es bleibt
und ist von Dauer,
ein Ton im wortdurchklungenen
Intervall aus ungezählten
Worttiraden,
in Sprache uns gesungen.

Verdichtet Geist und Phantasie,
verwirrende Erregung
des pochendheißen Herzens,
ist nicht nur edler Traum,
ist mehr als Bild,
ist Schau der Welt,
Geborgenheit in Sprache.

Sprache ist Gedankenfülle,
die aus dem tiefen Innen
lebt.
Alles was aus seinem Reichtum
spricht,
spricht uns,
selbst unausgesprochen noch,
aus seinem Bilde
im Gedicht.

Schneeflocken

Sie fielen vom Himmel
in wirbelnden Kreisen,
die seltenen Dinge der Vielgestalt,
Kristalle,
Sterneninseln im Schnee.

Silberfarben
in gleißenden Flammen,
ertrunken in Fülle.

Im Sprung zur Mitte
eines Wunderbaren,
das Bild der hehren Nacht,
die am Licht
ihrer hellen Feueraugen
brennend verglühte.

Sternenwelten

Alle Bewegungen
sind ihr eingewoben,
Wandel der Gestirne
in unserem Oben,
Flut und Ebbe
eines Zeitenstromes.

Planet um Planet,
Stern um Stern entführt
unsere Erde ins Abenteuer,
das in ihrem Raumschiff begann.

Aus den gewaltigen Bildern
unserer Gedanken
die Erkenntnisse zu steuern,
in den überwältigenden Tiefen,
ihren unendlichen Räumen
zu leben,
in ihrem Zeitgebundenen
die Antwort zu sein dort,
wo unter Planeten und Sternen
das donnernde Denkmal
eines ewig brausenden Stromes
der Zeit in Zeiten
unserer Erde geboren.

Suche

Wie seltsam,
zurückzugehen zu dem,
was man gestern verloren,
die Straße, den Ort,
zum Tag,
an dem man geboren.

Zurück zu einem Gedanken,
zu einem Menschen,
den man kannte.

Wie seltsam
dies alles wieder zu finden,
zu binden im Heute,
was gestern war.

Ursprung ist immer Gegenwart.

Meine Quelle

Von einem mir gedachten Ursprung
ging ich aus
und hatte nur den Ort gekannt,
aus dem die Quellen springen.

Ich wusste meinen Fluss
und all die breiten Ströme nicht
und nicht,
wohin sie münden.

Nun bin ich auf dem Weg
zu einem großen Meer,
an dem sich ungeahnte Ufer binden
und weiß von meinen Wegen her,
wo mir seit Anbeginn beschieden war
zu münden,
im Meer, in dem ich nur
ein Tropfen bin in seinen Wogen.

Mein Ende aber ist, was ich
schon immer war,
der Wolkenatem aus dem Himmelsbogen
und dort,
wo mich die Quellen wieder
zu sich riefen,
liegt wohlgeborgen mir
der Ursprung meiner Tiefen.

Du bist

du bist dem Feld die Ähre,
bist der Sternenwelt ein Stern,
bist einer Alleszeit das Ufer
auf den Straßen der Jahrtausende.

Dort, wo der milde Atem
eines Windes
über helle Hügel streift,
wo die Sonne über den Gefilden
mit ihren Feuergarben
nach dem Blattgewirr
bewegter Zweige greift,
bist du im Zusammenspiele
der Gedanken
der Weg zu stets bewegtem Ziele,
bist die Flamme in den Kräften seines Spieles.
Was du aus dir entzündest brennt,
und was dich tief durchdringend
stets bewegt,
ist das Werdefeld deiner Welt.

In ihr bist du die wohlgedachte Frucht
in ihrem Flammenfeld.

Stiller Gruß auf dem Weg durch ein fremdes Land

Ich ging einen Weg entlang,
entlang
der blühenden Rosenbeete,
atmete ihren Duft
voll köstlicher Süße
und fühlte die Luft,
die mich liebkosend umwehte,
denn der Wind war mit mir
auf den Weg getreten.

Dann stieg ein Vogel
aus dem Gezweig
und sang seinen Jubel
laut in die Stille.

Weit im Rund des Tages
stand die Sonne im Spiele
ihrer Farben auf
und blendete die Blumenbeete.

In wilder Schönheit
strahlte das Blütenmeer
in den Lobgesängen
seiner Welt auf dem Weg
zu den Kathedralen des Lichtes.

Wie wunderbar zu sein
in ihrem Licht

Die Sonne ist mir heute
in meine Hände gefallen,
aus dem Spinnengewebe
ihrer tausend Rätsel,
aus den Wirbelwinden
ihrer glitzernden Strahlen.

Sie lag so warm in mir,
sie ummantelte mich.
Ich griff nach ihr tastend,
staunend verstummt.

Verzaubert stehe ich
mitten in ihrem Licht.
Nimm! Nimm mit
einen Tropfen ihres Glanzes
vom Ahornblatt
und eine gläserne Träne
aus dem Gespinst
im Kelch einer Blüte.

Nimm, was dich aus dem
sich aus ihr spiegelnden Himmel
geblendet hat,
den Farbentanz ihres Wellenschliffes.

Die Sonne ist mir heute
in meine Hände gefallen.
Ich fand mich mit ihr
im Reich der Winde,
war plötzlich der Gesang
in des Vogels Stimme,
war in den von ihrem Licht
durchfluteten Gärten
der Duft der Blumen
und über ihnen der Ton
im Gebrumm der Hummeln.

Jeder Schritt in ihrem Licht
war ein sich Geben an mich.
Ein Staunen über die Vielfalt
aller Formen und Farben
ihres Sonnenraumes.

Gloria patri zu den Höhen.
Du hast mich als Kind der Erde
in die Hände des Lichtes
deiner Sonnen gegeben.

Erkenntnis

Im Widerstand
gegen die Zerstörung
unserer geistigen Welten,
in der Begegnung
mit dem Menschen,
allen Wissenden und Weisen
dieser Erde
und den aus dem Geist
geschaffenen Dingen
der Schöpfung,

das Licht nicht
aus unseren Flügeln
fallen lassen.

Jede Minute unserer Stunde
ist die Wahrheit
unseres Tages
im Gewahrwerden des Wesens
eines immer Sich-Erneuerns.

Wann war ihr Gestern
und wie lange dauert
das Heute?

Säumen unsere Räume
die Ewigkeit?

Alle Ebenen im Geschehen der Natur sprechen zu uns aus unendlichen Gestaltungsfeldern und sind Äußerungen aus der Quelle einer höchsten Macht. Alles, was sich uns aus ihr zu geben vermag, liegt im Unvergänglichen eines sich ewig Erneuernden. Es tanzt im Rhythmus kosmischer Klänge durch alle Ebenen unserer Welten, ist Bewegen und Fließen - pantha-rhei.

Selbst in den Kompositionsgesetzen von Düne und Moor, von Wüsten und ihren unterirdischen Wassergängen liegt es wie in den Tiefen eines Bewusstseins von Sein in den unermesslichen Räumen und ihrer Zeit. Unsere Erde ist ein Bild des Ganzen, auf das jeder seiner Teile zurückwirkt.

Wir leben zwischen Wissen und Können in der Sprache, die aus allem spricht, denn dort, wo es in den Wäldern rauscht, rauscht es in den Konsonanten ihres Wortes, rauscht es aus Bächen und Klüften, aus den Tiefen aller sich uns gebenden Welten zu einem mächtigen Gesang.

Wort um Wort singt dort ein Lied von Schönheit, Ordnung, Rhythmus und Ebenmaß, der Sprache kosmischer Gesetze.

Man muss etwas verlieren,
um suchend zu erfahren,
dass wir das, was uns gestern war,
heute noch aufbewahrt
in unserem Herzen tragen.